CHRISTOPHE COLOMB

CHRISTOPHE COLOMB.

Christophe Colomb. (D'après le portrait original
de la Bibliothèque du roi d'Espagne.)

Xpº ô FERENS

CHRISTOPHE COLOMB

PAR

M. l'abbé DURAND,

Chanoine honoraire de Dijon, Aumônier des Sœurs
de la Croix de Lavaur, à Toulouse.

POR CASTILLA Y POR LEON

NUEVO MUNDO HALLO COLON

Société Saint=Augustin,

DESCLÉE, DE BROUWER et Cie.

LILLE. — Rue du Metz, 41. — 1892.

AVANT-PROPOS.

Au moment où l'Europe et l'Amérique viennent de célébrer le quatrième centenaire de la découverte du Nouveau-Monde, s'appliquant à fixer dans la reconnaissance des peuples cette date du 12 octobre 1492, il nous a paru bon de réduire à un cadre modeste la Vie de Christophe Colomb, et de l'offrir à ceux qui ne peuvent consacrer à la lecture et à l'étude que de rares loisirs. Ce n'est pas la statue du héros sur un haut piédestal que nous avons prétendu élever : c'est déjà fait dans le magnifique ouvrage du Comte Roselly de Lorgues ; c'est un simple médaillon que nous voudrions donner à tous, pour que chacun pût y voir suffisamment les traits du grand homme. Quand nous l'avons essayé, c'était seulement pour obéir à d'aimables instances. Bientôt nous avons continué cette esquisse avec un vrai bonheur, tant nous avons trouvé de séduction dans la beauté du sujet. Veuille le lecteur partager cet entraînement : peut-être sentira-t-il grandir en lui l'admiration et la piété pour Christophe Colomb. Puissions-nous avoir travaillé, dans la mesure de nos forces, à le faire connaître et à le faire aimer ! Nous aurons, du moins, hâté de nos vœux l'heure où la lumière sera assez éclatante et l'amour assez fort pour que l'Église puisse consacrer sa gloire dans un triomphe définitif.

26 août 1892.

CHRISTOPHE COLOMB.

I. — Une inspiration de génie.

ON sait aujourd'hui, avec une vraie certitude, que l'immortel voyant de *la mer ténébreuse*, Christophe Colomb, naquit à Gênes, vers l'an 1435, d'un père appartenant à une famille noble, mais dont les vicissitudes de la fortune avaient fait un simple cardeur de laine. Bientôt à l'étroit dans cette maison obscure, l'enfant, dont la rare intelligence attirait déjà l'attention, put aller étudier dans l'Université de Pavie. Mais après quelque temps, pressé peut-être par les exigences de sa pauvreté, séduit d'ailleurs par cette large mer ouverte devant lui, et surtout sollicité par les mystérieux desseins de la Providence, il résolut d'être marin, et, dès l'âge de 14 ans, il servit dans la marine marchande en de nombreux voyages où il sillonna en tous sens la Méditerranée. Trempé de force et d'énergie à cette rude école, aguerri, instruit, il était en qualité d'officier sur un vaisseau du roi René de Naples, lorsqu'un incendie éclatant à bord, en vue des côtes du Portugal, il dut se jeter à la mer et gagner péniblement le rivage. Miraculeusement sauvé, il vint à Lisbonne, où il trouva son frère puîné, Barthélemy Colomb, installé dans cette ville comme pilote et géographe.

C'était bien le milieu qui convenait à un marin de race. Les Portugais étaient toujours les premiers navigateurs du monde. Christophe Colomb eut bientôt noué des relations utiles. On apprécia sa haute valeur, ses connaissances dans l'art de la navigation, ses facultés puissantes; et, en même temps, sa modestie, sa patience, ses habitudes chrétiennes. Tout cela, bien qu'il fût sans fortune, facilita son établissement à Lisbonne. Il y épousa la fille d'un navigateur, doña Felipa de Penestrello.

C'est alors qu'il se mit à mûrir une idée qui le hantait depuis longtemps. En face de cet Océan aux profondeurs inconnues, il pressentait que des terres existaient par-delà ses horizons toujours fuyants, et il rêvait de les découvrir pour y porter le nom de Jésus-Christ et les éclairer de sa foi. C'était une route nouvelle par où il s'imaginait qu'on pouvait aller aux Indes : c'était le monde pris à revers. En y pensant toujours, son projet devint ferme et arrêté.

Tout concourut à le lui dessiner nettement :
ses études, ses réflexions, quelques vagues
données des navigateurs, et surtout un mouvement mystérieux qui le poussait à sortir
des limites du monde connu et le laissait
sans repos. Quand il fut bien pénétré de
son dessein, dans une pensée patriotique, il
voulut donner à sa ville natale la gloire de
le réaliser. Mais le Sénat de Gênes, ne
comprenant rien à des projets qui lui parurent des chimères, lui refusa, sous de vains
prétextes, les quelques vaisseaux qu'il sollicitait. Ce fut une déception pour ce vaillant
qui devait en souffrir tant d'autres. Rebuté
aussi par Venise, indignement trompé par
le Portugal, qui voulut surprendre ses plans
et ses secrets pour en tirer parti au détri-
ment de sa propre gloire, froissé ainsi dans
son honneur, il chercha de quelle nation
catholique il pourrait solliciter le secours
pour réaliser son rêve, et il vit que ce serait
l'Espagne, où régnaient en ce moment Ferdinand d'Aragon et Isabelle de Castille.

II. — Nombreuses et longues contradictions.

MAIS avant même de pouvoir exposer son projet, Christophe Colomb devait passer par de nombreuses épreuves. Isolé dans un pays où il venait pour la première fois, sans crédit, sans fortune, sans protecteurs, comment pourrait-il aborder les Rois catholiques? La Providence le conduisit, comme par la main, dans un monastère franciscain, jeté dans la solitude au bord de l'Océan, au-dessus de Palos de Moguer, sur le promontoire escarpé qui domine la côte andalouse, à l'endroit même où le golfe de Cadix reçoit le Rio Tinto. Il avait alors pour gardien un homme d'une ardente piété et d'une rare intelligence, Juan Perez de Marchena. Lui aussi, dans son amour des âmes, demandait sans cesse l'extension du règne de DIEU, et comme Christophe Colomb, dans ses longues méditations en face de la *mer océane,* il se disait qu'il y avait par-delà l'Ouest des terres nouvelles où de nouveaux apôtres pourraient faire une riche moisson. Aussi, après l'avoir accueilli d'abord comme un hôte de passage, traita-t-il le Génois avec honneur, quand il eut reçu ses premières confidences. Longuement ils s'entretinrent d'une idée qui avait germé dans l'esprit du moine comme dans le génie du navigateur. Tous les deux saluaient ce pressentiment de leur âme comme l'annonce de conquêtes magnifiques qu'on ferait à JÉSUS-CHRIST ; et le gardien de la Rabida fut heureux de recommander son ami au Confesseur de la Reine, Fernando de Tolavero, le Prieur de Prado.

Celui-ci, malheureusement, n'était pas préparé à une conception si nouvelle. Ni ses études, ni la forme de son esprit ne lui permirent de s'y appliquer. Il ne vit là qu'une rêverie, une hallucination d'enthousiaste. Colomb se morfondit dans les antichambres et sur les escaliers, attendant en vain une audience toujours refusée. Elle lui fut enfin accordée, grâce à la prière de l'ancien nonce apostolique, Antonio Geraldini, qu'il connut par hasard, et à la haute intervention du premier ministre sollicité par lui, le cardinal Mendoza, qui, avec sa grande expérience des hommes, pénétra, en le voyant, le génie du solliciteur.

Il parut à la Cour comme un homme

investi d'une mission surnaturelle. Il se
présentait comme le légat de la Providence,
« envoyé en ambassade, disait-il, pour faire
service à Notre-Seigneur, répandre son
nom et sa foi parmi tant de peuples qui
l'ignoraient. » Et il exposa son projet avec
tant de chaleur communicative qu'il séduisit
la tendre piété de la Reine et lui inspira le
plus vif intérêt. Mais le Roi décida qu'il serait
examiné par une commission de savants.
Elle se réunit à Salamanque en novembre
1486. Malheureusement à cette époque les
notions de cosmographie étaient bien impar-
parfaites. Aussi les commissaires prirent-ils
ombrage de théories qui allaient à l'en-
contre de toutes les idées reçues à cette
époque. Ce nouveau système du monde,
bien qu'éloquemment exposé par Colomb,
effraya leur orthodoxie. Ils repoussèrent le
projet comme chimérique et impraticable.

Mais Christophe Colomb avait une foi
invincible en son idée; il se promit d'attendre l'heure qu'il croyait devoir être celle de
DIEU: il attendit. La Reine Isabelle, d'ailleurs,
qui avait compris cette intuition de génie,
le soutenait dans son attente. Fréquem-
ment, à la Cour, même dans les camps où il
la suivit, elle lui promettait qu'on repren-

drait l'examen de sa proposition. Mais tantôt c'était la pénurie du trésor royal qu'on alléguait pour repousser ses instances, tantôt c'était la guerre avec les Maures qu'il fallait terminer, Grenade, le dernier boulevard de l'islamisme, d'où il fallait chasser les infidèles, avant de songer à la conversion de peuples inconnus. N'était-ce pas ajourner indéfiniment l'entreprise ? Christophe Colomb, découragé enfin par six longues années d'insuccès, résolut de soumettre son projet au roi de France. Heureusement pour l'Espagne, avant de la quitter peut-être pour toujours, il voulut revoir son ami de la Rabida, le gardien du monastère franciscain.

Celui-ci, en effet, frémissant dans sa foi et dans son patriotisme, convaincu plus que jamais de la haute mission du Génois et des résultats splendides qui en découleraient pour l'Eglise et pour son pays, le supplia de suspendre son départ et de le laisser tenter de nouvelles démarches. Déjà, le futur révélateur du globe était étroitement attaché par ses sympathies, par la reconnaissance, même par les liens du Tiers-Ordre à la famille franciscaine : il obéit au Père Juan Perez de Marchena. Et le reli-

gieux, aussi grand par l'intelligence que par
le cœur, sollicitant une audience de la Reine,
vint la trouver au camp de Santa-Fé, pendant qu'elle attendait la reddition de Grenade. Puis, s'adressant à elle avec une entière
liberté, il parla du projet de Christophe
Colomb avec tant de chaleur, qu'il réveilla
la vivacité de ses impressions premières, et
put obtenir que le hardi explorateur serait
mandé au camp. Cette fois tout paraissait
fini : malgré les conférences de Salamanque
et la défaveur de la Cour, malgré même la
froide circonspection du Roi, la Reine Isabelle donnait, d'instinct, sa pleine adhésion
au projet : elle croyait en Colomb.

Hélas ! il n'était pas encore au bout de
ses épreuves. Le projet accepté sans examen et sans contrôle, restait à fixer à quelles
conditions le navigateur Génois voudrait le
réaliser. Il effraya la Cour par ses préten-
tions souveraines. Tant il avait conscience
du service qu'il allait rendre à l'Espagne et
à la vieille Europe ! Tant il était pénétré de
la grandeur des résultats ! Tant surtout il
voulait faire servir à la gloire de Jésus-
Christ et de l'Eglise la puissance suprême
qu'il exigeait ! Mais il était impossible de le
soupçonner en dehors de lui. Dans cette

vice-royauté, dans ces titres et honneurs qu'il demandait et qu'il voulait être trans- mis à sa descendance, on ne voulut voir que l'orgueil démesuré d'un cerveau en délire. La Reine elle-même hésita : tout fut rompu.

Colomb aima mieux renouer des négo- ciations nouvelles avec un autre Etat que de renoncer aux droits qu'il croyait appar- tenir à son extraordinaire mission. Et déjà il se mettait en route pour la France, lorsque, soudain, Isabelle, éclairée sans doute d'en haut, pressée d'ailleurs par les exhortations de quelques sages conseillers et par les prières du gardien de la Rabida, sentit un mouvement mystérieux s'opérer dans son âme. A ce moment, elle comprenait Colomb tout entier, elle voyait en lui l'envoyé de la Providence. Se ravisant alors, dans un élan chevaleresque, elle donna l'ordre de courir après le navigateur Génois qui se retirait fièrement, le cœur plein d'amertume pour avoir souffert tant de déceptions et de dé- goûts. Elle le conjura de revenir à la Cour, lui promettant de donner ample satisfaction à ses demandes. Le héros hésita d'abord ; mais comprenant que ce brusque revirement d'opinion était un signe de la volonté de

DIEU, il se soumit affectueusement aux
désirs de la Reine qui, de son côté, venait
d'engager sa parole royale en faveur de cet
étranger.

III. — Le départ.

L'AUTORISATION était enfin donnée. Le
traité fut conclu le 17 avril 1492, et
le port de Palos fut désigné pour l'armement
de l'expédition. Christophe Colomb vint y
préparer le départ. Par une ordonnance
royale, il était enjoint aux habitants de la
ville de fournir deux caravelles avec les
hommes de leurs équipages. Mais tel était
l'effroi qui avait gagné ce peuple de marins,
à l'annonce de cette entreprise qui paraissait
une folie, que, malgré les ordres des souverains, il ne fut pas possible de trouver un
homme et un vaisseau. C'était, en effet, la
mer ténébreuse dont il s'agissait d'affronter
l'effroyable inconnu ! On sourit aujourd'hui
de ces terreurs. Mais à cette époque tout
le monde les partageait, et l'idée seule de
s'enfoncer dans ces solitudes profondes de
l'Océan glaçait d'effroi les plus intrépides

navigateurs. Aussi fallut-il toute l'éloquence, toute la haute raison et l'autorité du gardien de la Rabida, dont on connaissait la science, pour décider quelques habitants de Palos à tenter l'entreprise. De ce nombre furent les trois frères Pinzon, hommes considérables dans cette ville et marins éprouvés. Séduits par les arguments lumineux du Franciscain cosmographe, encouragés par le pape Innocent VIII auquel Colomb avait soumis ses projets, ils se mirent en relation avec le Génois, et dès lors toutes les difficultés s'aplanirent.

L'un des trois frères, Vincent Yaner, était propriétaire d'une petite caravelle, coquette et bonne marcheuse, la *Niña* : il l'offrit à Colomb. La ville en prêta deux autres plus grandes ; l'une, la *Gallega*, un peu lourde et déjà fatiguée par la mer, sur laquelle pourtant le chef de l'expédition arbora son pavillon, après avoir substitué à son nom celui de *Santa-Maria*, pour la rendre plus chrétienne ; l'autre, la *Pinta*, qui fut commandée par l'aîné des frères Pinzon, le Señor Martin Alonzo. C'est vers la fin de juillet que les trois navires furent en état de prendre la mer. Sans doute, Christophe Colomb avait foi surtout en la Providence, et c'est à elle qu'il confiait principalement la direction de son entreprise. Pourtant il ne négligea aucun des moyens humains qui pouvaient en assurer le succès, et il n'eut de repos que lorsqu'il eut veillé lui-même au choix des équipages, au service de santé, à l'approvisionnement des vivres et des munitions. A bord de la Santa-Maria se trouvèrent soixante-six hommes; trente sur la Pinta, vingt-quatre sur la Niña ; et sur les deux derniers navires, presque tous de Palos et pris dans la nombreuse parenté des frères Pinzon. Ce fut un moment bien solennel que celui où, tout étant prêt, il fallut donner le signal du départ. Sur la foi d'un étranger qui avait su leur communiquer son enthousiame, ces hardis marins se lançaient à une navigation inouïe jusquelà. Ils allaient s'enfoncer dans cette *mer ténébreuse* sur laquelle aucun être humain ne s'était encore risqué, pour aller à la découverte de terres et de peuples que le génie d'un homme supposait exister, mais qui n'étaient peut-être qu'une chimère de rêveur. Le cœur aurait manqué aux plus braves, en s'élançant sur cet Océan enveloppé de mystère et d'effroi, s'ils ne s'étaient armés d'une force divine. Mais tous communièrent avant de partir; c'est le vendredi 3 août 1492, le jour de la Rédemption, qu'on leva l'ancre; et, pour bien marquer le caractère de son

Les trois Caravelles : la *Santa-Maria*, la *Pinta* et la *Niña*, d'après une ancienne estampe.

entreprise, c'est *au nom de Jésus-Christ* que Christophe Colomb ordonna de déployer les voiles.

IV. — La traversée.

C'EST par ces mêmes paroles que le héros chrétien commença son journal de bord. Il avait fixé au grand mât de sa caravelle la Croix du Sauveur. Tout montre bien que l'âme de son projet était vraiment, comme il l'avait dit lui-même, « de faire service à Notre-Seigneur. » Et maintenant il cinglait vers l'Ouest, en inclinant un peu au Sud, la joie au front d'exécuter enfin la réalisation de son rêve, l'âme haute et pleine d'espoir, surveillant avec sollicitude la marche de ses vaisseaux, ranimant les courages un moment abattus quand on sortit pour la première fois des régions de l'Océan jusque-là parcourues, relevant avec soin ses observations pour les consigner dans son livre de bord. Et vraiment, à mesure qu'il s'enfonçait vers l'Occident, tout devenait nouveau pour son œil exercé de marin : l'éclat du jour plus transparent, l'effet des lointains, la teinte des eaux. Tout à coup, le 13 septembre, son génie subit une épreuve inattendue ; il surprit le pre-

mier indice de la variation magnétique ; et,
bien qu'il dissimulât ce phénomène pour ne
pas effrayer l'équipage, devant ce trouble
inusité de la boussole elle-même, il se sentit
privé de l'appui des sciences, et ne compta
plus que sur l'aide de DIEU.

Néanmoins, il s'appliqua avidement à
pénétrer les secrets de ce monde pélagique
si nouveau pour lui. A tout instant, il expé-
rimentait la densité de la mer, la direction
des courants, recueillait les plantes passant
près de son bord ; car tout pouvait à sa
pénétration devenir un indice. Un des éton-
nements de ses marins et bientôt une de
leurs épouvantes, furent ces parages depuis
lors désignés sous le nom de « mer d'herbes », cette végétation étrange en plein
Océan, si abondante que le taille-mer éprou-
vait, en la brisant, une vive résistance. Les
matelots se crurent perdus. Ils prétendirent
être arrivés à ces éternels marécages que
l'imagination des hommes de leur temps
donnait comme ceinture au monde. Et
déjà ils disaient que c'était là le tombeau
où allait les jeter la témérité insensée de ce
Génois envers lequel la confiance s'ébranlait.
Les officiers eux-mêmes, les esprits les plus
fermes s'inquiétaient. D'autant mieux que,

depuis le départ, le vent les poussait vers
l'Ouest, avec une implacable fixité d'impul-
sion, et qu'ils s'imaginaient que cette constance de direction les empêcherait de
retourner dans leur patrie.

Christophe Colomb sentit naître et grandir la révolte dans ses équipages. C'est en
vain qu'il leur donna des assurances, des
explications cosmographiques ; leur exaspération croissait. Et déjà il voyait méconnaître son autorité, quand, se retournant
vers Celui qui l'avait tant de fois servi, il
s'en remit à ses soins d'apaiser ces colères
grondantes. Soudain, en effet, un vent
opposé se leva, pendant qu'on sortait enfin
de la région des herbes. Les esprits furent
pour un moment calmés.

Il s'en fallait pourtant que la confiance
fût revenue. Déjà plusieurs fois l'attente
impatiente de tous avait été déçue. Tantôt,
c'étaient des oiseaux de mer dont le vol
rapide semblait dénoter le voisinage de
quelques îles, tantôt un matelot monté dans
les vergues avait cru découvrir une terre :
vaine illusion que le moment d'après dissi-
pait. Et toujours la même navigation vers
l'Ouest, toujours plus loin de la patrie, plus
avant dans l'effroyable inconnu. On était au

1er octobre, et Colomb comptait sur son registre de bord qu'il avait parcouru plus de sept cents lieues. Tous alors, épouvantés par l'énorme distance, murmurèrent tout haut contre les ordres donnés. Bientôt les murmures prirent un caractère de haine. A l'envi, on s'excita à l'insubordination et à la révolte contre ce commandant de malheur qui poursuivait sa route avec une ténacité de fer, sans s'émouvoir des reproches et des plaintes. Avec la complicité des officiers, même de Martin Alonzo Pinzon, un convaincu pourtant, mais que la contagion de la peur avait gagné, un complot fut ourdi contre lui par les trois équipages. Et pendant que Colomb, plus confiant que jamais, recueillant les derniers indices qui justifiaient ses prévisions, bénissait déjà le divin Sauveur à qui il voulait donner un monde, tout à coup, à un signal convenu, la Pinta et la Niña serrant de près la Santa-Maria, le pont du vaisseau amiral fut envahi par des hommes armés. Ils coururent au commandant « seul contre tous », et, fous de terreur, ivres de colère, dirigeant contre lui la pointe de leurs épées, ils le sommèrent impérieusement de virer de bord et de reprendre aussitôt la route de la Castille. C'était bien le plus affreux danger qu'un chef d'escadre eût jamais couru. Mais c'était peu connaître le héros chrétien que de penser qu'il céderait à la menace et à la crainte. On a prétendu que Christophe Colomb aurait demandé à son équipage révolté trois jours encore de navigation, promettant d'obéir à ses injonctions si jusque-là aucune terre n'apparaissait; et le temps a accrédité cette légende. Il nous semble qu'il ne pouvait pas sacrifier ainsi la conviction de toute sa vie et abandonner cet espoir dont il sentait la réalisation prochaine. Cette attitude ne nous paraît pas conforme à la dignité de sa vie et à la grandeur de son caractère. Nous aimons mieux penser qu'il sut dompter par sa fermeté cette fureur aveugle, qu'il retourna ces cœurs affolés, et que, pour les ramener à la confiance, il fut assisté surtout par une intervention manifeste de Notre-Seigneur, « auquel il ne pouvait pas cesser, disait-il, de vouloir donner les Grandes-Indes. »

Et cette invincible constance du héros fut mille fois heureuse pour l'Eglise et pour le monde. Il touchait, en effet, au but. Une nuit, comme il sondait la mer de son regard profond, il aperçut une lumière. Soudain, un éclair brille, le canon tonne au large.

Christophe Colomb sur son vaisseau,
d'après une vignette des *Grands Voyageurs*.

C'est la terre qu'un matelot de la Pinta a

signalée ; il était deux heures du matin. Ce
fut un mouvement indicible de transports
parmi les équipages. Christophe Colomb,
tombant à genoux, les yeux pleins de larmes,
entonna le *Te Deum*, que ses marins élec-
trisés chantèrent avec lui. Tous attendirent
le jour, impatients de voir cette terre si vivement désirée. Elle apparut à leurs yeux aux
premières lueurs du matin, le vendredi,
12 octobre 1492.

V. — Découverte du Nouveau-Monde.

CE fut un émerveillement pour eux que
ce rivage où la Providence les avait
poussés. Une végétation luxuriante de
plantes et de fleurs inconnues ; des senteurs
pénétrantes qui s'en exhalaient ; des troupes
d'oiseaux brillants faisant retentir de leurs
cris cet air embaumé ; des eaux limpides
courant à la mer : voilà ce qu'ils aperçurent
en abordant, et ce qui les pénétra de reconnaissance. Christophe Colomb s'élança le
premier avec l'impétuosité d'un jeune homme
sur ce sol qu'il baisa trois fois. Il en prit
possession pour le compte des rois d'Es-

Christophe Colomb prend possession de l'Amérique.

pagne, au nom du divin Sauveur, dont il voulut que la première terre portât le nom; et c'est pour ce motif qu'il l'appela *San-Salvador*.

C'était une île dont il eut bientôt reconnu les contours, la première des îles d'un archipel où il aborda successivement en plantant chaque fois sur le rivage la Croix de Jésus-Christ, pour bien marquer que c'était à Lui d'abord qu'il donnait le Nouveau-Monde. Ces îles étaient habitées. Mais les habitants, effrayés par la venue soudaine de ces étrangers qui leur paraissaient tombés du ciel, s'enfuirent. Peu à peu cependant ils se remirent de leur effroi. Ils osèrent s'approcher, examiner curieusement ces hommes dont les vaisseaux, les armes, les vêtements les frappaient de stupeur. Bientôt ils s'enhardirent : et voyant avec quelle bonté, sur l'ordre de leur chef, les Espagnols les accueillaient, ils apportèrent au camp des fruits et des vivres. Christophe Colomb eut bientôt vu ce que la modération et la douceur pourraient tirer de cette race naïve et forte.

Désormais, l'ère des découvertes venait de s'ouvrir. Colomb voulut s'en assurer immédiatement les fruits. Il se mit avec

une activité fiévreuse à la recherche de l'or
dont il voyait les indigènes se parer ; non
point dans un esprit de cupidité misérable,
mais pour former un trésor qu'il rêvait
d'amasser, afin d'arracher, à son tour, le
tombeau du Sauveur des mains des infidèles. C'est ainsi qu'il reconnut l'île de
Cuba, « la plus belle, suivant son expression,
qu'aient jamais vue les yeux de l'homme. »
Alors, décrivant aux rois d'Espagne les
merveilles qu'il découvrait à chaque pas, il
osa donner une grande leçon à ses maîtres.
Avec une liberté toute chrétienne, il leur
déclara que ces royaumes nouveaux, décou-
verts au nom de JÉSUS-CHRIST, pour la
gloire du Rédempteur et l'extension de
l'Eglise, ne devaient être ouverts qu'à la
vérité et à la foi catholique, « puisque,
disait-il, le projet et l'exécution de cette
entreprise n'avaient eu d'autre but que l'ac-
croissement et la gloire de la religion chrétienne. » N'est-ce point là le langage d'un
apôtre, et, en vérité, Christophe Colomb
fut-il autre chose qu'un apôtre de génie ?

Après Cuba, dont il étudia soigneusement
la flore et la faune, et dont il releva les
lieux de refuge qui pourraient abriter une
flotte, sur l'indication des Indiens, il mit le

cap sur une grande île dont il reconnut les
côtes, et où il aborda le 12 décembre. Les
indigènes l'appelaient *Haïti*. Il la nomma
l'île Espagnole, *Hispañiola*, et, comme des
autres, il en prit possession en plantant une
grande Croix, « principalement, dit-il, en
signe de Jésus-Christ Notre-Seigneur et
en l'honneur de la chrétienté. » C'est là
qu'il résolut de fonder son premier établissement. Il y fut encouragé par la beauté du
site et par la sûreté d'un port, à l'entrée
duquel il ordonna de construire un fortin,
mais surtout par la douceur et les dispositions bienveillantes des naturels qui, effrayés
tout d'abord par la venue de ces étrangers
qu'ils croyaient des hommes célestes, furent
bientôt rassurés par la bonté de Christophe
Colomb. Bientôt même des relations étroites
de service et d'amitié s'établirent entre
l'amiral et le souverain du pays, le Cacique
Guacanagari. Et lorsque, une nuit, la Santa-
Maria, entraînée par les courants, vint
s'échouer sur un banc de sable, mais
sans perdre ni un homme de son équipage
ni un clou de sa coque, Colomb vit dans
cet événement un signe manifeste par où
la Providence lui indiquait de se fixer en
cet endroit. On dépouilla la pauvre cara-

velle de tout ce qu'elle contenait d'armes, de vivres, de provisions. On les entassa dans un fortin dont l'amiral, se faisant ingénieur, dirigea lui-même la construction. Puis, laissant ses instructions et une troupe de quarante-six hommes à un officier éprouvé qu'il commit à leur tête, il lui confia la garde de ce premier établissement fondé au Nouveau-Monde, et songea lui-même à rentrer en Castille.

Tout, d'ailleurs, l'y obligeait : l'impatience de faire savoir sa merveilleuse découverte et d'y intéresser l'Espagne et l'Europe ; le mauvais état de ses caravelles fatiguées par de longs mois de navigation ; les dispositions mêmes des frères Pinzon secrètement hostiles depuis que tant de gloire enveloppait leur commandant. La Pinta et la Niña étant ralliées, Christophe Colomb mit à la voile pour l'Espagne le 11 janvier 1493.

VI. — Retour en Espagne.

SI Dieu avait favorisé d'un temps constamment beau ce hardi navigateur dans sa première traversée, il voulut mettre à la plus rude épreuve sa constance et sa fermeté d'âme à son retour. Déjà on avait constaté quelques voies d'eau dans la Niña; la Pinta avait des avaries dans sa mâture, et on pouvait prévoir que les deux caravelles seraient peu en état de tenir la mer si la tempête se déchaînait. Tout à coup, le 12 février, un vent violent se leva; l'horizon prit un aspect formidable. L'Océan s'enfla avec des mugissements de colère, et les membrures de la Niña gémirent sous le choc des lames. La Pinta, empêchée de lutter à cause de ses avaries, se mit à fuir sous le vent. Elle disparut dans les averses et dans la brume.

C'est alors que l'imminence du danger les ralliant tous dans une terreur commune, les matelots de la Niña se serrèrent avec plus de force autour de l'Amiral, obéissant à sa voix qui dominait le bruit des vagues, se précipitant à la manœuvre, mettant en lui seul tout leur espoir. Mais lui, le héros chrétien, comprenant que rien ne vaut contre le déchaînement des forces aveugles de la nature, ranimant la foi et le courage de tous, plaça en DIEU seul sa confiance. Multipliant ses efforts, oublieux de lui-même, cent fois sur le point de périr, il proposa à son équipage de faire le vœu, s'ils échappaient à la mort, d'aller en dévotion à divers sanctuaires de la Ste Vierge, d'y communier, d'y apporter des cierges et des offrandes. Tous souscrivirent à ces actes de haute piété ; ils demandèrent au sort de désigner celui qui les réaliserait au nom de tous. Il fallait une victime pure entre toutes : le sort choisit l'Amiral. Pendant trois mortelles journées, l'angoisse dévora son âme ; et pourtant, au milieu de ses inquiéétudes, il ne crut pas un seul instant que Dieu le laisserait périr et voudrait ensevelir dans les flots le secret de ce monde qu'il avait si merveilleusement découvert. En effet, le 15 février, on aperçut une terre au Nord-Est. C'était Sainte-Marie, la plus méridionale des Açores. Sa vue ranima tous les cœurs, et le calme revenant un peu, on continua la route.

Mais le 3 mars, la mer se démonta de nouveau, avec une violence sans pareille. On fit encore un autre vœu et Dieu, prenant enfin en pitié tant de souffrances endurées pour sa gloire, poussa la pauvre caravelle désemparée sur les côtes de Portugal. Au point du jour, Colomb reconnut l'embouchure du Tage, et ce fut miracle qu'avec cette grosse mer, il pût entrer dans le fleuve et atteindre le mouillage de Rastello. L'équipage de la Niña était sauvé.

VII. — Enthousiasme en Europe.

BIENTÔT le bruit qu'un monde nouveau avait été découvert par ces hommes encore trempés d'eau de mer se répandit et parvint aux oreilles du roi Jean II de Portugal. Christophe Colomb pouvait tout craindre de la jalousie de ce souverain. Mais celui-ci eut l'âme assez haute pour faire taire de misérables préoccupations. Il pria ce Révélateur extraordinaire, que l'enthousiasme du peuple acclamait déjà, de le venir voir ; et ce fut avec une admiration sincère qu'il salua ce hardi marin qui faisait taire ses regrets et ses rancunes par la supériorité de son génie. Toutefois, Colomb ne pouvait pas s'attarder à la Cour de Lisbonne. Il avait hâte d'informer les Rois d'Espagne. Il le fit par une relation succincte de sa découverte qu'il dépêcha par un courrier. Et il gagna le port de Palos, où il estimait avec raison que son retour calmerait beaucoup d'angoisses.

Il y avait sept mois, en effet, qu'étaient parties ces caravelles dont on n'avait plus entendu parler. On les croyait perdues à jamais dans les gouffres sans fond de la *mer ténébreuse*, et déjà on maudissait la mémoire de ce Génois qui avait mis un deuil dans chaque famille de la ville. Aussi, ce fut un transport inouï, une joie sans mesure, quand on reconnut en mer la Niña et qu'on la vit entrer au port. Des scènes d'attendrissement accueillirent cet équipage qu'on n'espérait plus revoir, et où il ne manquait pas un homme. Christophe Colomb surtout fut l'objet d'une splendide ovation. Mais lui, pressé d'accomplir ses vœux, et de retremper sa foi et son amitié, se déroba pour aller au monastère franciscain, confier au gardien de la Rabida les secrets qu'il portait de ce Nouveau-Monde dont il avait eu lui aussi l'intuition.

C'est là qu'il reçut un message des plus flatteurs des Rois catholiques, le mandant à Barcelone où se trouvait la Cour. Il y fut reçu comme un souverain. Ferdinand d'Aragon et Isabelle de Castille, entourés des grands d'Espagne, le firent asseoir à côté d'eux pour entendre le récit des événements dont il avait été le héros. Et quand il

eut fini, parlant avec la plus magnifique
éloquence de ce Monde dont il était, par la
Providence de DIEU, le Révélateur ; quand
on eut vu les merveilles qu'il avait rappor-
tées, ces Indiens qu'il avait embarqués avec
lui, comme le vivant témoignage de son
extraordinaire découverte, tous tombèrent
à genoux, versant des larmes de joie, acclamant le grand Navigateur. Et surtout à la
pensée de cette moisson d'âmes qui se levait
pour l'Eglise et pour le monde chrétien dans
ces parages, la foi s'émut, et les strophes du
Te Deum éclatèrent au milieu des transports de la plus vive reconnaissance.

Toutefois, il eût été souverainement
imprudent de s'oublier au bruit des fêtes.
Il fallait organiser, pour le compte de
l'Espagne, ces possessions lointaines ; car
tous les Etats de l'Europe, où la nouvelle
s'était propagée rapidement, les épiaient
dans une impatience jalouse, le Portugal
surtout, et pouvaient détourner à leur profit
les fruits de la découverte. Une seconde
expédition, cette fois plus considérable, fut
donc confiée à Christophe Colomb, que les
souverains, par un acte solennel, confirmè-
rent dans ses titres et dignités de Vice-Roi
des Indes et de Grand-Amiral de la mer

océane. Les bureaux de Séville durent hâter l'armement d'une vraie flotte, et tout disposer pour un établissement définitif dans ces îles regardées avec raison comme les sentinelles avancées d'un grand continent. Par une délicate attention de sa foi et de son cœur, la Reine Isabelle pria le gardien de la Rabida d'accompagner l'expédition. Et ce fut une immense joie pour le savant d'explorer cet Océan au-delà duquel il avait deviné un monde ; et pour le religieux, une consolation sans prix d'être le premier prêtre de JÉSUS-CHRIST qui ferait couler le sang Rédempteur sur ces terres qu'il avait pressenties.

VIII. — Deuxième voyage.

CE n'étaient plus les trois petites caravelles sorties l'année précédente, au milieu de l'anxiété de tous, du port de Palos, mais une flotte de dix-sept voiles qui se balançait en rade de Cadix, et n'attendait qu'un signe de l'Amiral pour lever l'ancre. L'enthousiasme était universel. Attirés par un désir violent d'aventures, ou poussés par la soif de l'or, des hommes de toute condition avaient sollicité de partir. Christophe Colomb avait le commandement suprême. Mais on lui avait adjoint un vicaire apostolique, le Père Boïl, en qualité de diplomate, et un nombreux état-major. L'Amiral mit son second voyage sous la protection de la Sainte Vierge, et lui-même, dans une préoccupation de sa piété pour l'Etoile de la mer, arbora son pavillon sur la *Gracieuse-Marie*. Le temps fut doux et constamment favorable. Rien n'entrava cette seconde navigation.

Cette fois, Colomb avait choisi sa route plus au Sud. Il voulait découvrir des terres que les Indiens de San-Salvador et d'Hispaniola lui avaient dit être peuplées par des tribus guerrières, misérablement anthropophages, les *Caraïbes*. Il voulait examiner ce foyer de barbarie et le détruire. Le 2 novembre, il se trouva en face d'une île montagneuse. C'était un dimanche : il l'appela *la Dominique*. N'y trouvant pas un refuge convenable, il poussa plus loin et reconnut une terre qu'en souvenir de Notre-Dame de Guadalupe, il nomma la Guadeloupe. A son approche, les habitants s'étaient enfuis dans l'épaisseur des bois. Mais il aperçut en descendant des traces manifestes de cette anthropophagie à laquelle il ne pouvait pas croire : des débris humains pendant comme des trophées hideux dans les huttes désertes. Le cœur serré par une douloureuse angoisse, il revint à bord pour continuer le cours de ses investigations ; et successivement, il découvrit des îles, qu'en mémoire toujours des sanctuaires fameux de l'Espagne, il appela *Monserrat, Sainte-Marie l'Ancienne* ou *Antigoa.* Puis ce furent les îles *Sainte-Croix*, *Sainte-Ursule*, et tout un archipel qu'il nomma les *Onze mille Vierges.* C'était presque tout le groupe des Antilles qu'il avait reconnu : d'immenses richesses dont il augmentait le trésor de sa patrie d'adoption.

Jusque-là tout avait souri à ses vœux. Une déception cruelle lui était réservée en arrivant à l'île Espagnole. Plus rien du fortin qu'il y avait contruit l'année précédente ; à peine quelques débris dispersés et calcinés par le feu. Des lambeaux de vêtements européens, des cadavres en putréfaction témoignaient qu'on était sur le théâtre d'une lutte où les Espagnols avaient succombé. Christophe Colomb apprit en effet des Indiens qu'une peuplade ennemie, les surprenant tout à coup sans défense, au milieu des querelles intestines qui déjà les divisaient, avait fait un affreux carnage des étrangers. Le Cacique Guacanagari, qui leur avait fait tant de démonstrations d'amitié, avait été impuissant à les secourir. Lui-même, disait-il, avait été blessé en se jetant dans la mêlée pour les défendre. Ce récit parut suspect à l'entourage consterné de l'Amiral. Seul, il voulut croire à la sincérité du chef indien, dont il avait reçu naguère tant de bons offices. Mais, quelques jours après, la résidence du Cacique était déserte. Tous avaient fui dans l'intérieur de l'île. Ce brusque abandon vint confirmer les soupçons des Espagnols.

Christophe Colomb n'en poursuivait pas moins son plan de colonisation. Par ses soins, un port sûr et profond fut creusé. Il posa de sa main la première pierre d'une ville qu'il appela du nom aimé d'Isabelle. Puis, organisant sa petite armée, il pénétra dans l'intérieur de l'île où il découvrit, au milieu des merveilles de la végétation des tropiques, un sol d'une étonnante fécondité.

Cependant tant de travaux, et, en attendant les espérances de l'avenir, les privations qu'il dut imposer à ses hommes, firent naître de sourdes colères dans le cœur de ces Espagnols qui avaient compté réaliser leurs rêves de fortune sans souffrances et sans effort. Les nobles surtout, indignés d'être soumis à la corvée comme des mercenaires, se révoltèrent dans leur orgueil. Et comme l'Amiral, maintenant une égalité nécessaire en face du péril commun, leur mesurait les vivres et les faveurs en proportion de leurs services, ils virent là une atteinte à leurs droits, un outrage à leur fierté castillane, une cruauté sans excuse. Ce fut le prétexte ou la cause de la guerre acharnée qu'ils allaient lui faire, et où Christophe Colomb va nous apparaître comme la plus touchante victime de l'injustice des hommes et le plus inexplicable jouet du sort.

IX. — Nouvelles découvertes.

IL s'en fallait pourtant que sa mission fût remplie. Il devait aller à de nouvelles découvertes. Aussi, laissant le gouvernement d'Hispaniola à un Conseil présidé par son plus jeune frère don Diégo, il remonta sur son vaisseau, et, de nouveau, explora la mer. Pendant cinq mois, il la fouilla dans tous les sens, reconnaissant la *Jamaïque*, des îlots sans nombre, merveilleusement préservé des périls de cette longue navigation, des écueils où il aurait dû se briser, des tempêtes qui le devaient engloutir, et partout où il abordait, prenant possession de ces terres au nom de Jésus-Christ, en y arborant toujours le signe sacré de la Rédemption. Il longeait les côtes de Cuba, et cherchait le passage qui lui permettrait d'entrer dans le Pacifique, ayant déjà la pensée première d'un projet de circumnavigation que son génie croyait dès lors réalisable, lorsque, succombant sous le poids de tant de travaux, de ses fatigues, de ses veilles et de ses privations, il devint si affaissé que ses caravelles ne ramenèrent à Hispaniola qu'une âme éteinte dans un corps sans mouvement.

Quelques jours de repos, la joie de retrouver son second frère, Barthélemy Colomb, récemment arrivé d'Europe, une belle lettre d'Isabelle où le grande Reine affirmait une fois de plus le principal objet de la découverte, l'extension de la foi chrétienne, tout cela lui rendit l'énergie nécessaire pour reprendre le gouvernement.

C'était bien temps, d'ailleurs. Pendant son absence, de graves désordres avaient troublé l'île. Oublieux de ses instructions, ses lieutenants avaient laissé la discipline se relâcher, et les Espagnols avaient fait peser un véritable joug sur les Indiens, qui avaient patiemment attendu l'heure de la vengeance. Ce fut le moment où, détendant encore les liens de la subordination et du devoir, les étrangers s'affaiblirent davantage. Le Cacique Guatigana fit égorger une troupe qu'il surprit sans défense. Il fallait une répression sévère pour empêcher une plus grande effusion de sang. L'Amiral se mit à sa poursuite et à celle d'un autre chef puissant, Caonabo, qu'il réussit à faire saisir. Mais ce fut le signal d'une levée en masse des Indiens. Cent mille hommes bientôt réunis surprirent les Espagnols réduits à deux cents fantassins et à vingt cavaliers. Tous devaient périr. Que faire en face de cette nuée d'ennemis? C'est alors que Christophe Colomb renouvela le prodige de Moïse en face des Amalécites. Confiant la direction du combat à son frère Barthélemy, il monta sur une petite élévation et se mit en prière. Tout à coup, pendant que cinq mille archers d'élite obscurcissaient l'air de leurs traits, un vent violent s'éleva qui détourna les flèches dont pas une n'atteignit le but. Epouvantés par ce prodige, les Indiens s'enfuirent de toutes parts, pendant que les Espagnols criaient « *Miracle !* » C'en était un, en effet : le souvenir s'en est fixé sur cette hauteur où le héros chrétien pria et qui s'appelle encore la Sainte-Colline, *Santo Cerro*.

X. — Les ennemis de Christophe Colomb.

IL semble que quelque chose aurait manqué à la grandeur morale de Christophe Colomb s'il n'avait pas cruellement souffert dans son âme : il aura cette gloire, et c'est maintenant qu'il va gravir son Calvaire.

En effet, pendant que ces peuplades indiennes, jusque-là insouciantes et libres, comprenant enfin qu'elles tombaient à la merci de ces étrangers, s'éloignaient d'eux dans un sentiment indicible de défiance et de colère, les pensées et la conduite du grand Navigateur étaient calomnieusement dénaturées auprès des Rois d'Espagne.

C'étaient les nobles découragés et déçus auxquels il avait fait sentir le poids de son autorité ; c'étaient quelques-uns de ses lieutenants qui avaient lâchement déserté leur poste ; c'était le Vicaire apostolique lui-même, le Père Boïl, dont Christophe Colomb n'avait pas voulu accepter le système de dureté envers les Indiens ; c'étaient ces mécontents enfin, qui, s'embarquant tout à coup pour l'Europe, s'efforçaient de justifier leur abandon en poursuivant des plaintes les plus vives la mémoire de l'Amiral. Ils étaient considérés à la Cour. La Reine Isabelle, malgré son affection pour le Vice-Roi des Indes, se sentit ébranlée. Elle chargea de ses pleins pouvoirs, pour instruire la cause, Juan Aguado, l'intendant de la Chapelle-Royale, un ancien obligé de Colomb. C'était un ambitieux sans grandeur. Persuadé qu'un étranger serait sans crédit à la Cour contre des ennemis puissants, il partit déjà gagné par avance à la cabale formée contre l'Amiral.

Il avait espéré provoquer sa colère par sa hauteur, par ses injonctions outrageantes, par le mépris qu'il afficha de l'autorité du Vice-Roi. Colomb fut plein de respect pour l'envoyé des Souverains ; avec une admirable humilité, il supporta son outrecuidance odieuse. Mais Aguado avait fait un dossier formidable en recueillant, en encourageant les plaintes de tous les mécontents. Il espérait bien l'en accabler à son retour en Europe. Christophe Colomb comprit la nécessité d'y arriver aussitôt que lui pour se défendre.

XI. — Colomb revient pour se défendre.

IL s'embarqua sur la Niña, qu'en souvenir de son affection pour la famille franciscaine, il avait appelée la *Santa-Clara*, et navigua de concert avec la *Sainte-Croix*, sur laquelle se trouvait son déloyal ennemi, Juan Aguado. On répartit sur les deux caravelles la foule des Castillans déçus, mécontents ou malades qui demandaient à regagner l'Espagne, en même temps que Colomb prenait à son bord une troupe de trente-deux Indiens et le chef Caraïbe Caonabo.

On était encore sans expérience de l'Océan, et l'on ignorait qu'il fallait remonter au Nord pour se mettre sous les vents alizés qui favorisent le retour en Europe. Il fallut donc lutter longtemps contre les courants et les vents contraires, au milieu de fatigues incessantes qui eurent bientôt brisé l'énergie des équipages. Le Cacique Caonabo, qu'on voulait offrir comme un trophée à la Cour de Castille, s'affaissa dans l'amertume de son chagrin et la privation de sa liberté. Toujours sombre et farouche, il mourut pendant la traversée.

Cependant la tristesse de cette navigation ne faisait qu'augmenter : le découragement gagnait les esprits. Déjà l'eau manquait ; les vivres étaient notablement diminués ; il fallut mettre tout le monde à la ration exiguë de six onces de pain par jour. L'Amiral, donnant l'exemple, se soumit à cette égalité dans les privations. Mais la souffrance s'aggravait d'heure en heure, sous l'angoisse de la faim ; ces hommes, ces chrétiens osèrent faire une motion d'une barbarie sauvage. Publiquement ils demandèrent, sinon qu'on égorgeât les Indiens pour se repaître de leur chair, au moins qu'on les jetât à la mer pour se débarrasser de ces bouches inutiles et pour s'assurer ainsi quelques rations de plus. Ce fut une stupéfaction pour l'Amiral d'entendre cette horri-

ble proposition. Mais alors, Dieu lui venant
en aide, il fit si bien par son autorité, par
sa parole indignée et par son attitude éner-
gique, qu'il fit taire les cris de la faim et
domina le tumulte du désespoir. Il s'efforça
d'ailleurs de relever leur courage en leur
prédisant, malgré les vives dénégations de
ses officiers, qu'avant trois jours on verrait
la terre. Et, en effet, comme s'il eût été
doué d'une inspiration divine, au moment
indiqué, il leur montra le cap Saint-Vincent.

XII. — Grandeur morale du héros chrétien.

DÈS son arrivée, Christophe Colomb,
envoyant un courrier à ses Souverains, attendit leurs ordres. Jusque-là, il se
retira chez ses amis les Franciscains, se
retrempant lui-même dans les pratiques
d'une piété austère, revêtant même publiquement l'habit des fils de saint François,
tout prêt enfin pour de nouvelles épreuves.

Et, en vérité, il ne tint pas à ses ennemis
qu'il ne les souffrît aussitôt. Juan Aguado
n'avait pas perdu son temps. A peine débarqué, il avait couru à la Cour, exposant

tous les témoignages hostiles qu'il avait pu recueillir contre l'Amiral, indisposant à plaisir contre lui l'esprit de ses maîtres. Pourtant, quand le Vice-Roi des Indes parut devant eux, à Burgos, où il avait été mandé, la Reine Isabelle, saisie de nouveau par l'intérêt sympathique qu'elle lui avait voué, oublia ses préventions, et salua avec respect l'envoyé de la Providence. Mais lui, tout entier à sa mission, conjura les Souverains d'armer une expédition nouvelle et de lui fournir les moyens nécessaires au bon établissement de la colonie.

Toutefois, tel était le discrédit qu'avaient jeté sur ces possessions lointaines les ennemis habiles et persévérants de Colomb, seul contre tous, qu'il fut impossible de trouver un homme et un écu pour entreprendre une troisième campagne, et qu'on dut faire appel, pour avoir des colons, aux criminels des bagnes et des prisons, en leur promettant dans le Nouveau-Monde la réhabilitation et la liberté. Christophe Colomb dévora cette humiliation amère pour l'amour du divin Rédempteur.

Au milieu de ces indignes atermoiements, on était arrivé au mois de septembre 1497, et, depuis plus d'un an, le grand homme méconnu sollicitait en vain les ressources du trésor royal et la coopération active et bienveillante des bureaux de la marine.

Vers la fin de décembre, il s'occupa lui-même de l'approvisionnement des navires ; et ce fut un étrange spectacle que celui de ce Révélateur d'un monde, courant les marchés publics, passant des traités avec les soumissionnaires de la flotte, faisant ainsi généreusement pour le service de DIEU et des Rois le sacrifice de son repos, de son temps et de sa dignité. La Reine Isabelle fut touchée cependant de cette grandeur d'âme : elle lui offrit une principauté de douze cents lieues carrées avec le titre de Duc. Mais il refusa noblement, pour ne pas se laisser détourner de ses grandes entreprises, demandant la seule grâce de pouvoir mettre à la voile. Dévoué, désintéressé, fier en même temps, c'était une âme de héros.

XIII. — Troisième voyage.

CE troisième voyage de Christophe Colomb, commencé le 30 mai 1498, devait avoir des conséquences magnifiques par les progrès qu'il ferait faire à la science cosmographique et géographique. Résolu

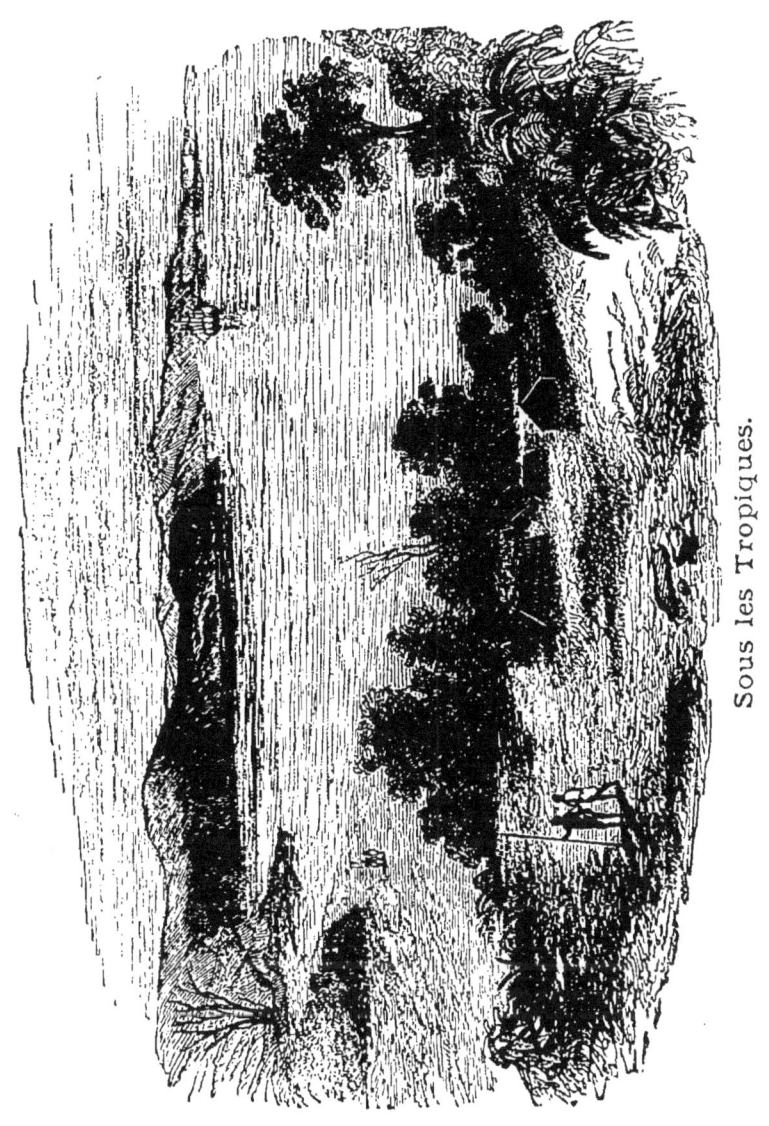

Sous les Tropiques.

cette fois à découvrir le continent qu'il soupçonnait, il mit le cap au Sud, vers la zone torride, et, déployant ses voiles au nom de la Sainte-Trinité, il promit de donner son nom à la première terre inconnue qui lui apparaîtrait.

Mais il eut cruellement à souffrir dans la régions des calmes plats, où pendant huit jours il fut arrêté. Sous un ciel de feu, sans la moindre brise rafraîchissante, sur cette mer immobile, il se vit exposé à périr avec ses équipages. Desséchées par la chaleur intense, les douves des tonneaux se fendirent, et le vin et l'eau s'échappèrent dans les cales. La détresse était affreuse. L'Amiral s'adressa, comme toujours, à la Providence qui l'avait tant de fois secouru. Soudain le vent se leva; et, comme un matelot était monté dans les huniers, il aperçut sortant de la brume trois sommets élevés qui semblaient unis à la même base. C'était la terre qui apparaissait sous cette figure de la Trinité comme pour justifier la pensée que l'Amiral avait eue de lui donner ce nom.

C'était une île que le grand navigateur comprit être dans le voisinage immédiat d'un continent. Dans le lointain, on apercevait une grande terre où tout paraissait nouveau : une végétation plus puissante s'épanouissant sur les bords et s'élevant en masses profondes jusqu'aux confins de l'horizon ; le bleu plus foncé du ciel, comme si on était sous d'autres conditions atmosphériques ; mais surtout ces courants d'eau douce qui se déversaient dans la mer et dénotaient les bouches d'un fleuve immense, tant était considérable le volume des eaux qui en sortaient. En effet, Christophe Colomb était en face des bouches de l'Orénoque : on avait touché le continent.

Il y fit planter une grande Croix selon sa pieuse habitude, car il ne put lui-même descendre à terre, retenu dans sa cabine par une ophthalmie dont il souffrait cruellement. Mais il se réjouit grandement des rapports de ses officiers sur la richesse et la fécondité du pays, sur la splendeur des sites, sur la douceur des Naturels.

Certes, il aurait poursuivi avec bonheur le cours de ses découvertes : il venait de constater l'existence d'un grand continent ; au mouvement des flots dans cette partie du monde, il avait deviné une des lois générales du globe : le grand fleuve de l'Océan ou *courant équatorial*. Enfin son génie, dépassant toutes les données de la science contemporaine, fixait à jamais la vraie forme de la terre, en démontrant le phénomène particulier de sa sphéricité, son renflement à l'équateur. Dans la pureté du ciel des tropiques, son regard ébloui avait découvert quelques-unes des plus belles constellations de l'hémisphère austral. Et déjà il rêvait de trouver le passage qu'il supposait exister pour entrer dans le Grand Océan et revenir en Europe par l'Asie et la côte africaine, dans un grand voyage de circumnavigation. Mais il en fut empêché par son impatience de regagner la colonie dont il devinait les besoins pressants, et même dont il pressentait les souffrances pendant sa longue absence. Il était encore loin de s'attendre à la navrante réalité.

XIV. — Désordres à Hispaniola pendant son absence.

P RIVÉS depuis son départ de toute communication avec l'Europe, les colons, manquant d'instruments de travail, mais surtout d'initiative et d'énergie, s'étaient vus réduits à la plus extrême détresse. Ceux qui étaient venus dans le Nouveau-Monde

avec la seule idée de recueillir de l'or à
pleines mains, manquaient de tout. Leur
irritation contre le Vice-Roi, qu'ils accusaient
de toutes leurs déceptions, se convertit en
haine, et ils n'attendirent qu'une occasion
favorable pour la faire éclater. Un complot
fut formé pour se soustraire à ce gouvernement abhorré qu'exerçait alors, à la place
de Christophe Colomb, son frère, don
Barthélemy, appelé depuis l'Adelantado.
C'est pendant une expédition de celui-ci
dans l'intérieur de l'île, pendant qu'il s'ef-
forçait de soumettre au tribut les peuplades
indiennes, qu'un pouvoir insurrectionnel
s'organisa à Saint-Domingue à peine bâtie,
sous la direction du Grand Juge, un protégé
de Colomb, François Roldan. Presque toutes
les troupes suivirent le mouvement : il n'y
eut de fidèles au devoir que quelques rares
officiers.

C'est à ce moment que Christophe Colomb
débarqua dans l'île Espagnole, n'aspirant
qu'au repos dont il avait un si impérieux
besoin. Mais comment se reposer en face
d'une pareille insurrection ? En vain il
voulut imposer son autorité. Méconnu,
rendu odieux par tant de calomnies accu-
mulées, il ne recueillit que des outrages. Il

dut subir l'humiliation de composer avec
les rebelles. Ceux-ci triomphèrent, d'ailleurs,
avec l'appui de la Cour. Christophe Colomb,
toujours accusé auprès d'elle d'orgueil et de
mépris envers les Castillans, de cruauté
envers les Indiens dont il était le seul pro-
tecteur, reçut des Rois une lettre hautaine
où il était désavoué. Singulière récompense
pour ce monde qu'il leur avait donné !

Sur ces entrefaites, un nouveau danger
vint encore aggraver la situation si pleine
de périls du Vice-Roi. Tout à coup parut
dans le port une flottille commandée par un
ancien protégé de l'Amiral, aujourd'hui une
créature de ses plus puissants ennemis,
Alonzo de Ojeda. Celui-ci, décidé à s'emparer du pouvoir, promit aux Espagnols
de les débarrasser de la tyrannie de Colomb,
fit appel à tous les soldats révoltés de la
colonie et menaça de marcher sur Saint-
Domingue.

Ce fut un moment de cruelle défaillance
pour le héros. Abandonné de ses Rois,
sentant bien l'inimitié jalouse et envieuse
de Ferdinand, douloureusement meurtri
d'être ainsi méconnu par Isabelle ; entouré
d'ennemis, ceux du dedans, ceux du dehors,
également acharnés à le perdre ; voyant

l'agitation et une sourde colère gagner les
Indiens que révoltaient les excès des étrangers ; désolé surtout que les bienfaits du
christianisme fussent repoussés par ces peuples en haine de ces mauvais chrétiens, le
Révélateur du globe éprouva jusqu'au dé-
goût la satiété des hommes. Il fut sur le
point de céder à un découragement profond.
Mais bientôt, ranimé par son énergie chrétienne, consolé par je ne sais quel mouvement de grâce pleine de douceur, il jeta ses
angoisses dans le sein de Dieu et il se prit
encore à espérer. Et, en vérité, la Providence lui fut une fois de plus secourable.
Roldan refusa d'écouter les propositions de
Ojeda. Par un revirement subit, il soutint
franchement l'autorité de l'Amiral ; il con-
traignit l'envoyé des bureaux de Séville à se
rembarquer. Ce fut une accalmie dans l'existence si troublée du Vice-Roi des Indes. Il
en profita pour faire monter à son comble
la prospérité de la colonie et pour donner
une magnifique extension à la capitale,
Saint-Domingue, dont il voulait faire le
foyer de la propagande chrétienne dans le
Nouveau-Monde.

XV. — Traitements indignes qu'il a à souffrir.

PLUT à DIEU que les Rois d'Espagne eussent vu de leurs yeux les merveilles de colonisation qu'il accomplissait ! Mais pendant que Christophe Colomb, affaibli par tant de fatigues et de privations, à demi aveugle, déjà vieux, se consumait encore au service de ses Souverains, et s'inquiétait de leur donner plus d'empires qu'ils n'avaient de provinces, l'envie, la haine et la calomnie ne désarmaient pas. Dans les bureaux de Séville surtout, l'Ordonnateur de la marine, Juan de Fonseca, s'était fait le centre des ennemis du héros. C'est de là principalement que partaient les coups répétés par où on attentait à son honneur. D'ailleurs le Roi Ferdinand ne dissimulait plus son inimitié. Isabelle, flottant entre les rapports de l'Amiral et ceux de ses adversaires, était ébranlée. On acheva de détruire sa confiance par une imputation qui fit bondir d'une colère indignée la généreuse Reine. Christophe Colomb fut accusé de trafiquer des Indiens et de les donner aux

Castillans pour les vendre sur les marchés de l'Andalousie. Dès lors il fut traité comme un suspect. On n'écouta plus aucune de ses

Christophe Colomb dans les fers.

demandes ; on lui refusa son fils aîné, don Diégo, qu'il voulait former au commandement pour l'exercer après lui, comme il

avait été convenu par le traité de Santa-Fé.
Mais la Cour affecta de méconnaître toutes
ces conventions. Bien mieux, elle délégua
un Commissaire extraordinaire avec pleins
pouvoirs dans la colonie. L'homme choisi
fut encore une créature de Fonseca, un
homme d'épée et non point un juge, comme
il l'aurait fallu, François de Bobadilla.

Dès son arrivée, il se fit rendre hommage
par tous les fonctionnaires de l'île. Puis, son
premier acte fut de s'emparer de la maison
du Vice-Roi et de tout ce qu'elle renfermait,
meubles, vaisselle, or, notes scientifiques,
jusqu'aux épanchements de sa piété et de
son cœur. L'Amiral était dans la plaine de
la Conception, occupé à faire construire une
forteresse. Prévenu par son frère don Diégo,
il crut d'abord à une méprise. Mais bientôt,
informé par un envoyé du Commissaire, qui
lui montra sa lettre de disgrâce, le héros,
rougissant pour ses Rois, voulut encore
donner l'exemple chrétien de la soumission
à l'autorité, et reprit à cheval la route de
Saint-Domingue.

Alors Bobadilla ne garda plus de pudeur.
Dès qu'il fut averti de l'approche de l'Ami-
ral, il fit saisir et garrotter son frère, don
Diégo, qu'on enferma, les fers aux pieds,

dans une caravelle. C'était le premier acte d'une indigne trahison qu'il consomma par un monstrueux attentat : l'arrestation et l'incarcération du Vice-Roi dans la forteresse, *les fers aux pieds*. Restait l'Adelantado à la tête d'une expédition dans le Xaragua. Bobadilla lui fit donner l'ordre de revenir seul à Saint-Domingue. Et à peine y rentrait-il, lui aussi était saisi et jeté dans une autre caravelle où on le mettait aux fers. Les trois frères, tenus au secret le plus rigoureux, ignoraient le traitement abominable que chacun d'eux avait subi.

C'est alors que toutes les mauvaises passions furent conviées à flétrir l'honneur de Christophe Colomb. Ce fut la revanche d'une poignée d'aventuriers dont il avait contrarié les pires instincts par sa fermeté et sa droiture. Quand le dossier des imputations calomnieuses fut achevé, le héros fut descendu, avec ses frères, tous trois enchaînés, à bord de la *Gorda*, et envoyé en Espagne. Mais ce fut une pitié qui arracha des larmes à l'équipage de la caravelle et à son commandant, de voir le Révélateur du globe traverser, comme le dernier des criminels, cette mer ténébreuse

qu'il avait vaincue. Lui, encore grandi par
l'injustice, trempé comme une âme de saint
par la persécution, supporta patiemment
d'être chargé de chaînes. Une joie surhu-
maine éclaira son front pâli par la douleur,
et il regarda ces fers comme le plus beau
trophée qu'il eût rapporté du Nouveau-
Monde, puisque par eux, il ressemblait
davantage au divin Rédempteur.

XVI. — Sa défaveur à la Cour.

MAIS la haine ne sait pas toujours
mesurer ses coups : cette fois elle
avait excédé toute mesure. Les Souverains
furent confondus quand ils apprirent de
quels outrages Christophe Colomb avait été
abreuvé. Ayant destitué son persécuteur, ils
appelèrent le héros à la Cour, se répandant
en excuses et en témoignages de la plus
touchante confiance. On le rétablit solen-
nellement dans ses titres et ses dignités.
Et la fière Reine pleura sur cette lamentable victime de l'injustice des hommes et
de l'impuissance des rois. Il ne fallut rien
de plus que les larmes de la Reine Isabelle

pour le dédommager de tout ce qu'il avait souffert.

Toutefois on ne pouvait pas prudemment lui rendre aussitôt le gouvernement de la colonie si troublée par tant d'événements tragiques. Il fallait laisser au temps le soin de faire la lumière et de calmer les esprits. C'était la pensée sincère de la Reine et un calcul aussi de l'astucieux Ferdinand pour enlever à Colomb le gouvernement définitif des Grandes-Indes. On lui proposa de nommer un gouverneur provisoire pendant que lui-même prendrait un repos dont il avait tant besoin. On choisit un personnage considérable, bien vu à la Cour, Nicolas de Ovando.

Le pauvre grand homme eut alors un magnifique rêve : il espéra pouvoir enfin recueillir le fruit de ses gigantesques travaux et racheter le tombeau du Sauveur des mains des Infidèles. Il avait calculé qu'avec le produit de ses droits de dîme il pourrait lever une armée de cent mille hommes pour accomplir cette entreprise. Et pendant que cette pensée remplissait son âme d'une foi enthousiaste, de nouveau retombé à son isolement, à son discrédit, à la défaveur des puissants du jour, il vit ses derniers amis s'éloigner ; si pauvre, lui qui avait découvert le pays de l'or, qu'il ne trouva point toujours de quoi payer son écot dans la vie d'auberge où il était réduit, et qu'il n'aurait pas eu de toit pour s'abriter si les monastères franciscains ne s'étaient toujours ouverts pour cet humble et si glorieux enfant de la famille.

Ce fut le moment de son apogée dans la vie chrétienne et dans la sainteté. Plus haut que les misères de l'humanité, s'élevant bien au-dessus des compétitions, des intrigues et des haines, son grand esprit s'abîma dans la contemplation des choses créées et des pensées divines. Il fouilla les secrets de la Ste Ecriture ; et de ce commerce plein d'amour un flot jaillissant, il jeta ses inspirations dans des stances d'une poésie grave et solennelle comme le génie chrétien.

Pourtant, bien qu'il eût à cette époque soixante-six ans, il sentait qu'il n'était pas au bout de sa mission. Sans doute, il avait parcouru la *mer ténébreuse*, découvert le Nouveau-Monde, fondé une colonie, touché enfin le continent. Mais pendant que, le front courbé sur la carte incomplète du globe, son génie s'aiguisait à pénétrer ses derniers secrets, il eut l'intuition, qu'à la

hauteur des régions qu'il avait déjà explo-
rées, devait se trouver un passage pour
faire communiquer les deux mers et per-
mettre de faire ainsi le tour du monde.
Seulement c'était un isthme, celui de Panama, qui se trouvait à la place du canal
qu'il allait chercher. Il exposa ses pensées
à la Reine Isabelle et lui demanda la permission d'aller aux dernières découvertes.
Ce serait pour lui le triomphe définitif du
christianisme : la Croix du Sauveur serait
plantée sur tous les rivages. Son cœur
d'apôtre rayonnait à cette idée. Il était pris
d'ailleurs d'un désir ardent de revoir la mer
qui l'avait bercé depuis son enfance. En
évoquant tant de souvenirs, il réveillait la
vivacité de ses premières impressions.

Il entreprit sa quatrième expédition avec
l'ardeur et l'impétuosité de la jeunesse.
Accompagné de son frère, l'Adelantado, et
de son second fils, don Fernando, une fois
encore il s'élança vers l'inconnu, dont il
espérait bien, cette fois, soulever entiè-
rement les voiles.

XVII. — Quatrième voyage et tempêtes affreuses.

Comme il espérait faire un long voyage de circumnavigation, il obtint quatre caravelles approvisionnées pour deux ans. Lui-même avait choisi ses équipages. Il les répartit sur la *Capitane*, où il arbora son pavillon, sur le *Saint-Jacques de Palos*, sur le *Galicien* et la *Biscaïenne*, navires d'assez médiocre tonnage, car il s'agissait de beaucoup naviguer sur les côtes, de fouiller toutes les baies, pour découvrir le Détroit que Christophe Colomb supposait exister. Il mit à la voile le 25 mai 1502.

Un étonnant voyage, parce qu'il semble que l'esprit de l'abîme va tout essayer pour en empêcher la réussite, tant l'avenir du monde chrétien y paraît intéressé, et aussi parce que jamais la protection de Dieu ne sera plus manifeste pour garder l'intrépide navigateur dans les plus effroyables conjonctures, et récompenser ainsi son ardente foi !

L'Amiral voulut toucher à Saint-Domin-

gue pour y troquer le *Galicien*, mauvais
marcheur, contre un des nombreux navires
qui allaient revenir en Europe. Mais le
gouverneur, inquiet de voir apparaître le
véritable Vice-Roi des Indes et jaloux de
conserver son pouvoir, refusa tout accom-
modement avec lui ; et comme Colomb
sollicitait au moins de s'abriter contre une
tempête qu'il prévoyait prochaine, Ovando
lui fit défendre même l'entrée du port.
L'amiral dut garder son pauvre *Galicien* et
se réfugier le long de la côte voisine. Pourtant, ému d'une pitié profonde pour cette
belle flotte de trente-deux navires qui appa-
reillait pour la Castille, et était chargée des
productions du Nouveau-Monde et de
nombreuses pépites d'or, il fit donner au
gouverneur l'avis de la retenir jusqu'après
l'ouragan qu'il prévoyait. Il n'y avait pas
un nuage au ciel ; rien ne dénotait le moindre trouble atmosphérique ; on se moqua
des avertissements du vieil Amiral, et la
flotte sortit du port, toutes voiles déployées.

Mais à peine avait-elle gagné la haute
mer, que parurent soudain les signes avant-
coureurs d'un violent orage. Le vent mollit
si bien qu'il ne fut possible ni de rentrer au
port ni de fuir le danger des côtes. Bientôt

le fond de la mer se soulevant, ce fut une effroyable tempête où toute la flotte périt. Un seul navire échappa au sinistre, le plus petit, le plus usé, l'*Aiguille*, sur lequel on avait mis quatre mille pesos, tout le bien de l'Amiral, et qui seul arriva en Castille, comme par la permission de Dieu. La plupart des ennemis jurés de Colomb, comme par un châtiment providentiel, périrent avec la flotte.

Pendant ce temps, les caravelles de l'Amiral, sans abri, sans secours humain, furent miraculeusement protégées le long de la côte et échappèrent à la destruction. En Espagne et partout, on fut vivement impressionné par le caractère surnaturel de cet événement.

Christophe Colomb commençait ainsi sa quatrième expédition dans le Nouveau-Monde. Elle ne devait être qu'un long martyre. Ayant reconnu encore quelques îles en avant du golfe de Honduras, essayé quelques relations d'amitié avec les Indiens qui troquaient volontiers des plaques d'or contre des bibelots d'Europe, il se dirigea résolument vers la terre ferme qu'il atteignit la veille de l'Assomption. Sa préoccupation était la découverte du Détroit : les caravelles ne cessèrent plus de fouiller la côte. Mais au prix de quelles souffrances ! La tempête s'était déchaînée et ne cessa presque plus. Une mer si dure que la coque des navires en était ébranlée ; des pluies torrentielles, des courants contraires qui brisaient l'énergie des équipages ; un morne abattement des hommes : plusieurs fois on se crut au moment de périr.

Survenait-il une accalmie, on radoubait les vaisseaux, on consolidait la mâture, on rapiéçait les voiles à demi-pourries par les pluies ; on remontait dans l'embouchure des fleuves pour renouveler les provisions d'eau et acheter aux Indiens quelques vivres frais. Mais toujours la même côte interminable, toute coupée de golfes, n'offrant, hélas ! nulle part cette issue que l'Amiral cherchait, le cœur plein d'angoisse. On était à la hauteur de Panama, alors inconnu, où le génie contemporain a essayé, après quatre cents ans, de réaliser le rêve du grand homme. L'Océan Pacifique s'étendait au-delà des montagnes qui se dressaient devant lui ; et comme s'il eût entendu la voix de la grande mer, Colomb s'opiniâtrait à trouver un passage qui l'y conduisît.

Déçu, mais non point découragé, l'Ami-

ral aurait continué ses recherches, si le
lamentable état de ses caravelles à demi
détruites par la grosse mer ne l'eût obligé
à revenir sur ses pas. N'espérant pas pouvoir retourner en Castille, il résolut de
rétrograder et d'aller visiter les mines d'or
de la Veregua sur lesquelles les Indiens
racontaient des merveilles. Mais avant d'y
arriver, il devait encore affronter un effroyable danger qui serait l'occasion d'un véritable prodige de sa foi. On sait que ces
mers équatoriales sont de temps en temps
bouleversées par des trombes gigantesques :
la mer se soulevant comme tout entière en
une colonne épaisse que rejoignent d'épais
nuages, et poussée par les tourbillons d'un
vent furieux avec une impétuosité folle sur
l'immense étendue de l'Océan. Jusque-là les
intrépides navigateurs n'avaient rien vu de
pareil, lorsque, tout à coup, au milieu de la
tempête déchaînée depuis plusieurs jours,
la monstrueuse chose fut signalée au large
par les pilotes épouvantés. Le cyclone
fondait droit sur les caravelles. Toute
manœuvre humaine devenait impuissante.
Il n'y avait plus qu'à mourir. Mais soudain,
obéissant à je ne sais quelle inspiration
intérieure, Christophe Colomb, persuadé

que l'esprit du mal voulait anéantir son
œuvre, en haine du but chrétien qu'il poursuivait, prit en main le livre des Evangiles,
et lut d'une voix haute la première page de
St Jean. Il notifia ainsi, en face du cyclone,
les gloires et les droits du Verbe fait chair.
Puis, prenant son épée, il traça dans l'air un
grand signe de croix ; et aussitôt la trombe
menaçante, obliquant avec un bruit sinistre,
s'éloigna et s'alla perdre dans l'immensité
de l'Océan.

XVIII. — Naufrage et isolement.

J Usque-là cependant Christophe Colomb
n'avait souffert que de sa lutte acharnée contre les éléments : il devait subir
toutes les épreuves dans cette étonnante
navigation, et, de toutes façons, être le
martyr de sa cause. Il avait donc résolu de
pousser jusqu'à la Veragua, le pays de l'or.
Le 6 janvier 1503, il mouilla dans une
rivière qu'en souvenir de l'Epiphanie il
nomma *Bethléem*, par abréviation *Bélen*.
Bientôt, ayant acquis la conviction qu'il se
trouvait dans la plus riche région des mines,

il établit sur ce point un poste militaire qui serait en même temps une factorerie pour le traité de l'or. Il y laissa quatre-vingts hommes sous le commandement de son frère, l'Adelantado, et, leur laissant le *Galicien*, il reprit la mer, attendant un vent favorable pour retourner en Castille.

Il était encore sur ses ancres que, déjà, la vaillante troupe demeurée à terre était victime d'un affreux guet-apens. Comprenant, en effet, que ces étrangers voulaient s'établir définitivement dans le pays, les Indiens avaient résolu leur perte. Sous le commandement d'un chef valeureux et rusé, ils avaient assailli le camp espagnol, et fait pleuvoir sur lui une nuée de flèches. Repoussés une première fois, non sans avoir fait subir aux Castillans des pertes cruelles, l'Adelantado lui-même avait été blessé, ils avaient attendu patiemment une occasion favorable de recommencer la lutte. Dissimulés avec soin sur les bords de la rivière, ils avaient surpris une chaloupe de l'escadrille que l'Amiral avait envoyée pour la provision de l'eau, s'en étaient emparés après avoir égorgé les hommes qui la montaient, et, de plus près, menaçaient le camp déjà si affaibli.

De son côté, l'Amiral, prévenu par un matelot qui n'avait pas craint de se jeter au travers des lames, ne pouvait pas leur apporter le moindre secours ; il se serait brisé sur les rochers, en approchant du rivage. Alors, pressentant les plus affreux malheurs, dévoré d'inquiétude, malgré son âme de granit, Christophe Colomb s'abîma dans l'angoisse. Il serait mort sous l'anxiété s'il n'avait été ranimé par une flamme d'espérance que DIEU lui-même alluma dans son cœur éteint. Il ne put pas croire que cette élite de hardis marins périrait à quelques pas de lui d'une mort hideuse. Et, en vérité, un homme qui s'était attaché à Colomb depuis sa première expédition et dont le nom a été conservé par l'histoire, Diégo Mendez, avait résolu de les sauver. Il n'y avait plus rien de bon à attendre du *Galicien :* il le dépouilla de tout ce qui pouvait encore servir, vivres et munitions. Puis, chargeant le canot de tout ce matériel précieux, s'aidant de deux canots indiens qu'il avait pris, en sept voyages, il put transporter le camp tout entier, hommes et choses, à bord des caravelles. Lui-même ne quitta plus que le dernier ce rivage inhospitalier. Pour le moment, tous étaient sauvés.

Ils étaient sauvés, sans doute, de la cruauté des Indiens. Mais le seraient-ils des dangers de la mer ? Jamais on n'avait vu une telle persistance de gros temps. Les caravelles, fatiguées par la houle, ébranlées par les lames, avaient plusieurs voies d'eau. Le travail des pompes surmenait l'équipage déjà si affaibli par les privations et par la mauvaise qualité des vivres avariés. « Mes navires étaient percés de trous comme des rayons d'abeilles, écrivait l'Amiral, et les hommes démoralisés. » Dans cet état de choses, malgré son ardent désir de chercher encore le fameux Détroit auquel il croyait toujours, il prit la route d'Hispaniola pour se radouber et se ravitailler. Mais la tempête s'acharnait après lui. Assailli encore par de furieux orages, il dut abandonner la *Biscaïenne* qui faisait eau. Par surcroît de malheur, les deux caravelles, dans un heurt violent, furent à moitié défoncées. Déjà l'eau montait jusqu'au tillac : il fallut se jeter à la première côte qu'on aperçut. Ce fut dans un port bien abrité de la Jamaïque, où DIEU permit que les Naturels fussent doux et bienveillants. Grâce à un service régulier de vivres que les Espagnols purent organiser avec eux, ils furent à l'abri de la faim. Mais ils étaient condamnés à un isolement effroyable. On dut échouer les deux navires. L'Amiral en fit deux pontons solidement liés entre eux où tous les hommes s'entassèrent dans un morne désespoir. C'est là que semblait devoir aboutir la plus extraordinaire navigation de tous les temps. Toute possibilité leur était enlevée de regagner l'Europe.

XIX. — Diégo Mendez.

C'EST alors que Christophe Colomb, qui ne savait pas douter de la Providence, imagina un moyen de salut pour la réussite duquel il lui fallait le concours d'un homme aussi intrépide et plein de foi que lui. Il eut la pensée de s'adresser à Diégo Mendez dont il connaissait l'héroïsme et le dévouement absolu à sa personne. L'appelant auprès de lui, et lui montrant l'immense étendue de l'Océan, il lui demanda s'il voulait tenter l'entreprise et gagner l'île Espagnole sur un canot indien, pour aller porter ses lettres et chercher du secours. Selon toutes les prévisions humaines, c'était une folie. Mais l'Amiral voyait plus haut que la sagesse humaine. Il sut communiquer sa foi à l'intrépide marin. Diégo Mendez accepta la périlleuse mission, faisant le sacrifice de sa vie pour le salut commun. Ayant pris quelques rameurs indiens, il se mit en mer dans cette frêle embarcation. Ce fut une véritable odyssée. Tombé dans une flottille d'Indiens, entraîné par eux sur leurs terres, miraculeusement sauvé de leurs mains, il retrouva plus miraculeusement encore son canot, et put revenir sain et sauf vers l'Amiral. On croit rêver devant tant de courage. Décidé à tenter une seconde fois la traversée, ayant même séduit par son exemple un gentilhomme génois, Barthélemy Fieschi, qui demanda lui aussi à se risquer sur un second canot, avec des rameurs indiens décidés et quelques Espagnols de bonne volonté, de nouveau il s'élança dans la haute mer. Si capricieuse d'ordinaire en ces parages, elle fut calme et unie. Mais vingt fois Diégo et ses hommes furent sur le point de périr de lassitude, de chaleur et de soif. Ce fut merveille si, ayant épuisé leur provision d'eau, ils purent se ravitailler dans une île basse qu'ils n'aperçurent qu'au hasard, sous la vague clarté de la lune. Et ce fut merveille enfin si, toujours sur ces coques de noix, ils purent atteindre l'île Espagnole, au port d'Azua. Ils étaient partis au nom de Notre-Seigneur : manifestement ils furent dans la main de DIEU.

A peine débarqué, Diégo Mendez, à travers de nouvelles aventures et mille périls, n'eut pas d'autre souci que de rejoindre le gouverneur pour l'intéresser au sort de l'Amiral. Mais Ovando était occupé à de sanglantes expéditions dans l'intérieur de l'île. Depuis son arrivée, il avait entrepris cette destruction systématique de la race vaincue qui devait rendre les Espagnols si odieux dans le Nouveau-Monde ; pressurant ces peuples qu'on aurait pu si facilement gagner ; les épuisant au travail des mines, et, au moindre soupçon de révolte, les exterminant dans une guerre déloyale et sans quartier. En ce moment, il venait d'envelopper dans une ruine commune les guerriers d'une peuplade puissante du Xaragua et leur reine, Anacoana, l'amie de Christophe Colomb, dont elle avait aidé le premier établissement, une poétique et gracieuse figure, la fleur des Antilles, donnée par les chroniques du temps comme la plus parfaite expression de cette race jeune, valeureuse et fière. Le gouverneur avait donc bien d'autres préoccupations que celle de l'Amiral, abandonné sur un point perdu de l'Océan. D'ailleurs, il était importuné par ce spectre qui se dressait encore pour lui reprocher son usurpation et sa tyrannie. Il fit attendre Diégo Mendez pendant sept mois ; alors seulement il lui permit de se rendre à Saint-Domingue pour aviser aux moyens d'envoyer des secours.

XX. — Fermeté de l'Amiral abandonné.

PENDANT ce long temps, Christophe Colomb, sur ces deux pontons abandonnés, eut à subir d'effroyables épreuves. Une sédition à bord : elle fut organisée par les gens de Séville, à l'instigation de deux officiers indignes, les frères Porras, pendant que l'Amiral, retenu par d'intolérables douleurs de goutte et de rhumatisme, était cloué sur son lit. Ces hommes, qui avaient cent fois bravé la mort sur l'Océan, furent incapables de supporter cet abandon où ils se virent jetés. Ils désertèrent, après avoir accablé d'outrages leur Commandant comme s'il avait causé leur malheur. Plusieurs fois ils essayèrent de s'enfuir sur des canots ; mais, toujours ramenés à la côte, ils se répandirent dans l'île, se livrant contre les Indiens à toutes sortes d'excès.

Ce fut un danger de plus pour Christophe Colomb. Jusque-là, en effet, par sa douceur et par sa loyauté, il avait maintenu les Naturels dans les dispositions les plus pacifiques. Aujourd'hui, traqués par les rebelles, indignement traités par les bandits étrangers, ils devaient exercer de justes représailles, et Colomb pouvait tout redouter de leur exaspération, quand il n'aurait pas eu tout à craindre de leur simple versatilité. Bientôt, comme il l'avait prévu, les rapports cessèrent ; les vivres ne vinrent plus régulièrement au camp des Espagnols. Ils furent menacés de la famine, en attendant le massacre. Dans ces conjonctures, l'Amiral eut recours à un subterfuge qui le sauva en lui ramenant la confiance des tribus indiennes. Prévoyant dans ses calculs astronomiques une éclipse de lune, il se servit de ce phénomène naturel pour agir sur l'imagination de ses ennemis. Il leur fit savoir que DIEU, son Maître, connaissait la perfidie de leurs desseins à son égard ; qu'il en était irrité, et qu'il leur en fournirait la preuve, le lendemain, en troublant tout à coup l'aspect de la lune et en leur dérobant sa lumière ; le lendemain, l'éclipse avait lieu : les Indiens furent terrifiés et conjurèrent l'homme de DIEU de les mettre à l'abri de sa colère, lui promettant, s'il la détournait, de le servir fidèlement. Christophe Colomb accepta leur promesse ; puis, l'éclipse cessant, il n'en fallut pas davantage à leur crédulité naïve pour qu'ils fussent persuadés de la supériorité de ces hommes que, dès lors, ils fournirent exactement de provisions.

Cependant le dévouement de Diégo Mendez à St-Domingue n'était pas resté inactif : il ne cessait de presser le gouverneur. La colonie, instruite de l'abandon de l'Amiral, s'inquiétait à la fin de tant de mauvais vouloir. Sous la pression de l'opinion publique, Ovando équipa un brigantin. Mais, par une dérision suprême, il le confia à un ennemi juré de Colomb et n'envoya qu'un secours ridicule, intimant à l'équipage la défense de communiquer avec les naufragés. Toutefois, ce fut une immense joie pour eux, quand, après un an, ils virent apparaître une voile à l'horizon, et qu'ils reconnurent le brigantin. Mais ce leur fut une stupéfaction nouvelle et un profond désespoir quand, après avoir reçu quelques maigres provisions, ils le virent tout à coup disparaître. Alors, ils se crurent définitivement abandonnés. Persuadés ou feignant de croire que c'était par la volonté de l'Amiral, les rebelles des Porras se rapprochèrent du camp et vinrent outrager le héros cloué par la maladie. Des outrages ils passèrent aux menaces, et bientôt ils se ruèrent sur la troupe restée fidèle. L'Adelantado, qui la commandait, aurait dû être écrasé sous le nombre. Mais, fort de la justice de sa cause, il fit des prodiges de valeur et réduisit les rebelles à l'impuissance. Les principaux périrent sous les coups. Colomb remercia Dieu, « tenant pour certain qu'il l'avait délivré de la mort. »

Enfin, on vit un jour entrer dans la baie deux caravelles : l'une frétée par l'infatigable Diégo Mendez, et à ses frais, chargée de vivres et de vêtements ; l'autre, équipée par le gouverneur qui ne pouvait plus résister aux réclamations des amis de Colomb. C'était la fin de cet affreux exil. L'Amiral mouilla le 13 août 1504 dans le port de St-Domingue.

Mais sa grande âme ne put supporter de vivre en face d'un pouvoir hautain qui avait usurpé tous ses droits. Il était douloureusement meurtri, d'ailleurs, du traitement qu'on faisait subir à ses Indiens qu'il avait rêvé de conquérir à JÉSUS-CHRIST. Tous les jours, il les voyait s'éloigner du christianisme qu'ils prenaient en horreur, en haine de ceux qui le pratiquaient si mal. Sombre, découragé, il voulut revenir en Espagne. Peut-être concevait-il l'espoir d'y pouvoir plaider plus sûrement la cause de ses chers clients. Il s'embarqua le 12 septembre.

Mais il semblait véritablement une victime que DIEU aurait choisie. Il eut encore tout à souffrir sur une mer constamment mauvaise. Ses vaisseaux furent démontés par la tempête : il fit sept cents lieues sur une caravelle sans mât. Enfin, toujours gardé par la Providence, le 7 novembre, il entra dans le port de San-Lucar de Barrameda.

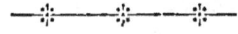

XXI. — Dernières épreuves et martyre de Christophe Colomb.

IL pouvait espérer être à la fin de ses épreuves ; au contraire, il allait en toucher le fond. Dès son arrivée, il apprit que la grande Isabelle, succombant à un mal implacable, se mourait. Avec elle qui, seule, l'avait compris tout entier, et qui, après une éclipse momentanée où sa bonne foi avait été surprise, lui avait rendu sa confiance, périssait tout appui humain pour le grand homme. Désormais il était exposé plus que jamais à tous les coups de la médiocrité jalouse et de la haine accumulée. Il ne put pas revoir la Reine, elle mourait le 26 novembre. Il sut pourtant qu'elle avait appris ses derniers et gigantesques travaux, ses magnifiques découvertes, ses malheurs et sa fermeté d'âme ; il sut qu'elle l'avait béni : ce fut une consolation pour son cœur broyé.

Maintenant le voilà seul contre tous ses ennemis sans frein. On se rit de sa misère ; et, au mépris de toute justice, on ne lui compte pas les longs arriérés de ses revenus. On supporte qu'il s'endette pour payer la solde de ses marins. Lui, qui a fait de l'Espagne le pays le plus riche du monde, est réduit à se traîner d'auberge en auberge. Il n'a pas un toit pour s'abriter ; il vit des emprunts que lui consentent quelques-uns de ses compatriotes.

Parvenu enfin à la Cour, où, perclus de rhumatismes, il est obligé de se faire porter sur la civière d'un mort, il écrit à Ferdinand qui ne répond pas à ses lettres. D'un ton respectueux, mais ferme, il rappelle les engagements contractés par les rois de Castille et cimentés par des traités solennels : le prince élude ses questions ou ne lui fait que de vagues promesses. Demande-t-il enfin, pour son fils aîné, comme il a été convenu d'ailleurs, le gouvernement des Indes, que ses infirmités l'empêchent de ressaisir, le Roi lui tend un piège, et, évitant ses instances, froidement railleur, il ne l'engage plus qu'à prendre un repos qu'il a tant gagné par ses glorieux services. Se conçoit-il une plus monstrueuse ingratitude, et l'histoire peut-elle amnistier de telles iniquités ?

C'est en vain pourtant qu'on chercherait dans les paroles ou les actions du héros

chrétien quelque trace de révolte ou de

SÉVILLE. — Maison où mourut Christophe Colomb.

colère. Certes, il avait plus que personne

conscience des services qu'il avait rendus,
et il pouvait ainsi mesurer l'immensité de
l'outrage. Toutefois, quand il comprit qu'il
n'y avait plus à compter sur l'âme déloyale
de Ferdinand, fièrement il se tut, et, confiant à la Providence le sort de ses fils, il
eut la grandeur de pardonner à ses ennemis.

Mais il était au bout de ses forces : sa
forte nature était irréparablement ruinée. Le
Roi avait fait un calcul cynique en escomp-
tant la mort pour être débarrassé de cet
homme dont la supériorité l'écrasait ; il
n'était, hélas ! que trop exact. Christophe
Colomb succombait dans une hôtellerie
obscure de l'Espagne, à soixante ans de
mer, à des travaux gigantesques, à des
épreuves et à des malheurs épiques. Bien
plus encore que de ses crises aiguës de
goutte et de rhumatisme, il mourait de
l'injustice des hommes et de l'ingratitude
des Rois. Il avait surtout au cœur deux
plaies vives dont il ne pouvait ni ne voulait
guérir : la mort d'Isabelle qui, seule, avait
compris la beauté de son œuvre et la grandeur de son but, et l'état misérable où l'on
réduisait déjà de son vivant ces peuples du
Nouveau-Monde. Tout son rêve s'écroulait :

il avait espéré les relever, les ennoblir dans les vertus chrétiennes et la foi de JÉSUS-CHRIST ; et déjà ils pouvaient à bon droit regretter le bonheur relatif de leur barbarie insouciante et tranquille.

Le grand homme sentit venir la mort : il la salua comme une libératrice et l'attendit avec une sereine fermeté. Il s'y prépara comme un saint. Et ce fut un grand spectacle que celui de ce héros oublié et méconnu des hommes, mais déjà marqué du signe des prédestinés. Dans une chambre d'auberge, aux murs de laquelle il avait fait apposer les chaines qu'il avait portées, son unique récompense pour avoir découvert un monde, ses fils, de rares serviteurs, et quelques Franciscains, ses amis de toutes les heures, entouraient le Révélateur du Globe. Il avait revêtu l'habit de St François dans lequel il voulait mourir. Alors, après s'être confessé humblement, il reçut le Saint Viatique, pour aborder sûrement à ces rives éternelles où il n'aurait plus rien à craindre ni de la malice des hommes ni de la fureur des flots.

Lui-même demanda l'Extrême-Onction et répondit de sa voix mourante à toutes les prières. Ses lèvres s'agitèrent une dernière fois ; son cœur cessa de battre : il avait rendu à DIEU son âme, à l'heure de midi, le jour de l'Ascension 1505.

Il fut enseveli au couvent de l'Observance à Valladolid ; et c'est ainsi que l'Ordre franciscain, qui l'avait accueilli à son arrivée en Espagne, lui assurait encore la dernière hospitalité. Puis, ce fut tout. L'injustice des hommes le poursuivit jusque par-delà la tombe. La nuit se fit même sur son nom : ce n'est pas le sien que porta le Nouveau-Monde ; un autre lui a ravi cette gloire et le temps a consacré cette iniquité.

Mais enfin, après quatre cents ans, l'heure de la justice et de la réparation a sonné pour la patiente victime. Le monde chrétien a reconnu le caractère surnaturel de cet homme extraordinaire et de son œuvre. De plus près on a étudié ses vertus héroïques, aussi bien que la splendeur de son génie. Les Souverains-Pontifes ont fait émerger de l'ombre cette grande figure. Pie IX déjà l'avait dégagée des erreurs historiques qui l'altéraient. Léon XIII vient de projeter sur elle l'éclat d'une de ses Encycliques. Plus de sept cents évêques ont demandé qu'on introduisît la cause de sa béatification ; et pendant que les fidèles des deux mondes attendent, pour l'invoquer, que la grande voix de l'Eglise l'ait inscrit au catalogue des Saints, l'Europe et l'Amérique, l'acclamant en des fêtes inoubliables, ont célébré à l'envi la gloire immortelle de Christophe Colomb, un des plus étonnants génies des temps modernes.

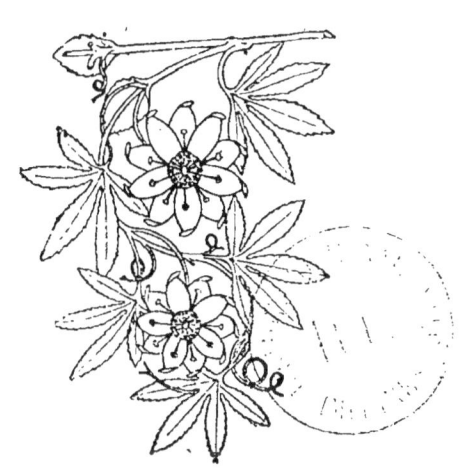

TABLE DES MATIÈRES.

POR CASTILLA Y POR LEON

NUEVO MUNDO HALLO COLON